阿比

牛弟

依依

國家圖書館出版品預行編目資料

依依學慢活 / 馬筱鳳著;王平,馮艷繪.－－初版一刷.
－－臺北市: 三民，2009
面； 公分.－－(兒童文學叢書 / 我的蟲蟲寶貝)

ISBN 978–957–14–5281–4 (精裝)

859.6   98020551

© 依依學慢活

著 作 人	馬筱鳳
繪　　者	王 平　馮 艷
責任編輯	郭佳怡
美術設計	蔡季吟
發 行 人	劉振強
著作財產權人	三民書局股份有限公司
發 行 所	三民書局股份有限公司
	地址　臺北市復興北路386號
	電話　(02)25006600
	郵撥帳號　0009998–5
門 市 部	(復北店)臺北市復興北路386號
	(重南店)臺北市重慶南路一段61號
出版日期	初版一刷　2009年11月
編　　號	S 857371

行政院新聞局登記證局版臺業字第○二○○號

有著作權·不准侵害

ISBN　978–957–14–5281–4　（精裝）

作者的話

　　小時候住在金門，吃的選擇很少，生活的步調很慢。家裡為了節省伙食費，有一陣子，神通廣大的媽媽，在附近的軍隊廚房「搭伙」，意思就是我們三餐都來自軍中，和軍人吃的一模一樣。早上是稀飯和饅頭，中午是雜了砂石、雜物的糙米飯，配上三菜一湯，晚餐有時是稀飯，有時是乾飯，大致也是和中午相似的菜色，也夠我們一家六人糊口。為了多吃一塊牛油麵包，從大姐、哥哥到我和妹妹，都加入過學校籃球校隊，因為課後留下來練習，就能吃到一塊牛油麵包。如果想要吃水果，不是眼巴巴等著到外公外婆家，就是想辦法到果園順手牽羊。有一次，家裡附近的桑椹樹結果，我們忍不住嘴饞，摸黑到果園胡採一通，吃到當夜腹痛如絞，第二天還是想辦法再去找來吃。在當時，光是填飽肚子就是一件難事。

　　國小畢業後搬到桃園的眷村，眷村裡來自大陸各省的外省籍軍公教人員，娶的卻大多是本省籍的女子，不是河洛人就是客家人，這些太太們隨著家中男主人的口味，學會了大江南北口味，每年過節，不是香腸臘肉，就是肉粽月餅，還有本省的炒米粉、炒麵，客家的粄條、米苔目，吃的選擇越來越多，幸福的回憶也越多。

　　後來上了高中，為了爭取讀書的時間，我每天中午搶著在第三節下課去買便當，匆匆吃完，養成了吃飯狼吞虎嚥的壞習慣。畢業上班後住在臺北，吃的選擇很多，我總會把碗中的食物儘量吃光，不浪費一分一毫的食物。但是隨著富裕的生活，生活步調越來越快，我沒時間好好煮上一頓飯菜，總是在上班途中，或是車上匆匆解決三餐，因此也得了急性盲腸炎，割除盲腸後，我更是肆無忌憚的加快速度，

深怕因為吃飯浪費太多金錢和時間；漸漸的，我不會享受美食，覺得「吃」只是一個維持生命的必要活動而已。

三年前，我到紐西蘭和庫克群島自助旅行，想多了解當地原住民毛利人的傳統文化。住進青年旅館後，突然多出很多時間，看到許多年輕人在廚房奮戰三餐，我也躍躍欲試，一方面可以省下旅費，另一方面也可藉著食物，和萍水相逢的旅客搭訕、交流，出乎意外的成功。雖然我在臺灣的廚藝僅僅是差強人意，但是中華料理畢竟博大精深，我做的料理竟得到招待家庭一家人的讚美和友善的回報，大大增加了我的信心。後來一路走下來，自助旅行了幾個國家，停留幾個都市和小鎮，越來越能享受步調緩慢的「樂活」，簡單而用心的烹調，相互分享食物和旅遊心得，我結交了世界各地的朋友，也因此得到更寬闊的視野，養成更寬容友善的態度，走出更開闊的路。

我深深體會到，吃的雖然是親手烹調的簡單食物，裡面卻包含更多的愛心和耐心。而澳洲原住民、紐西蘭和庫克群島的毛利人他們悠緩的生活態度，更值得學習。在這次自助旅行之後，我的人生因此有了不同的際遇和風景，世界也多了不同角度的生命哲學觀。慢悠而有意思的過日子，是我現在正在努力的方向，朋友們，一起努力學習慢活，活出有意思的日子來吧！

侬侬學慢活

馬筱鳳 著　　王平・馮艷 繪

三民書局

依-依-喜歡在高樓大廈中間的空隙穿來穿去，享受著順風飛行的樂趣，靠著靈敏的鼻子，她很快的就找到——一個吃大餐的地方。

　　市場外面飄來一股香味，依依
忍不住說：「哇！這種腐爛的香氣，
真讓我的口水都快流出來了。」

　　她急急的飛向垃圾桶，卻沒注意
身旁的汽車，「嘰──」的一聲，
差點就撞上迎面而來的車窗，還好
她趕緊轉個彎，脫離了危險。

這時，空氣中又飄來另一股香味，
吸引著依依。

「這裡到處散發著誘人的滋味，
簡直就是天堂。」依依興奮的往前飛，
完全沒有注意到張著大網的人面蜘蛛。

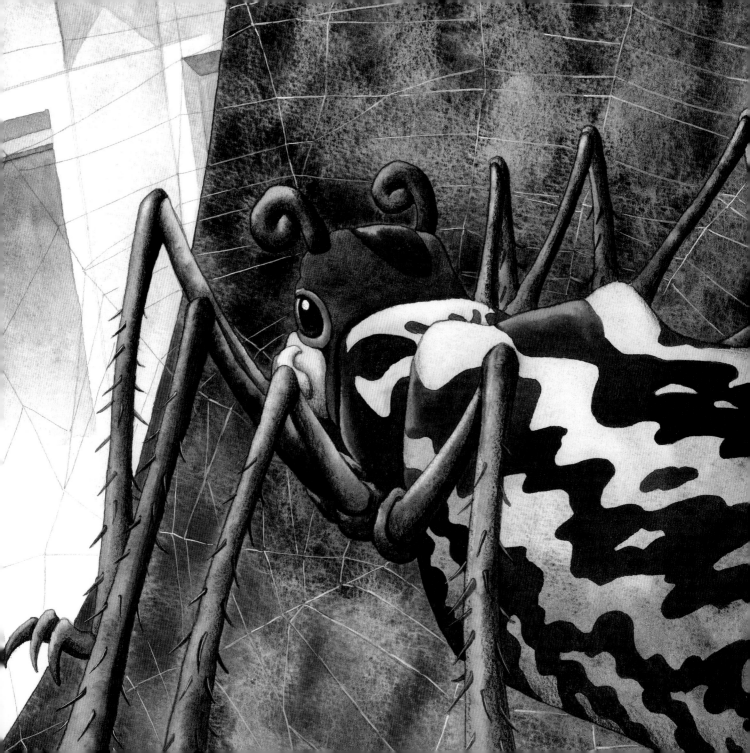

眼中只有食物的依依，一頭撞上飄在空中的一縷蜘蛛絲。

這可不得了了！

人面蜘蛛瞪大眼睛，一步步向依依靠近。

依依想掙脫，卻被蜘蛛絲纏住了眼，睜不開眼睛，嚇得她奮力鼓動翅膀，驚險逃過一劫。

但是她看不清前面，撞上了樹枝才停下來，她不停的搓腳，除去黏答答的蜘蛛絲。這時她的腳底下，有一段木頭，突然翻了一個身，居然動了起來。

那段木頭挪了幾步停了下來，保持相同的姿勢。他身上纏住了蜘蛛絲和蒲公英的棉絮，都沒清理。一張臉沒有表情，一動也不動，又變回一段木頭。

依依心裡想：「這是什麼東西呀？」

12

　　那段木頭突然說話:「依依，
我是竹節蟲阿比啊！」

　　依依忍住笑，搖搖頭說：
「對不起，阿比，你真像木頭，
如果你不動，我還真認不出來呢！
剛才差點變成人面蜘蛛的點心，
嚇了我一大跳。現在我要去找地方
吃東西，你要不要一起去？」

　　阿比動也不動，依依等不及，
自己飛走了。

依依飛到高樓頂上，
看到一個發出藍光的東西，
好奇想要靠近看看，
只聽到「啪」的一聲，
依依的身體麻了，昏了過去。
　　等依依醒來，下半身動不了了。

19

好不容易拖著身體回到家，依依累倒在地上，發著高燒，一動也不動。

瓢蟲筱琪來找依依，依依來不及開口，她飛走了。

螳螂小刀來找依依，依依來不及反應，他走開了。

毛毛蟲小靜來找依依，依依來不及動身，她爬走了。

阿比來了，依依拖著身體，費了老半天的功夫來到門口，阿比的長腳才剛剛擺好姿勢。

　　「你來了真好，我餓扁了，幫忙找一些吃的來，好嗎？」

　　阿比點點頭，慢吞吞、搖晃晃的離開。

依一依一看著日頭，很長的時間過去了。

阿比找來樹葉，依一依一看也不看一眼。

又過了很久，阿比找來一節樹枝，

依一依一仍然搖了搖頭。

阿比找來新鮮的花，

依一依一不肯吃。

阿比找來一顆野莓，

依一依一還是不要。

　　阿Y比ㄅˇ很ㄏㄣˇ生ㄕㄥ氣ㄑˋ，氣ㄑˋ呼ㄏㄨ呼ㄏㄨ的ㄉㄜ
吃ㄔ掉ㄉㄧㄠˋ那ㄋㄚˋ顆ㄎㄜ野ㄧㄝˇ莓ㄇㄟˊ。

　　突ㄊㄨˊ然ㄖㄢˊ，阿Y比ㄅˇ臉ㄌㄧㄢˇ色ㄙㄜˋ一ㄧ變ㄅㄧㄢˋ，
滾ㄍㄨㄣˇ在ㄗㄞˋ地ㄉㄧˋ上ㄕㄤˋ哇ㄨㄚ哇ㄨㄚ叫ㄐㄧㄠˋ，拉ㄌㄚ出ㄔㄨ
一ㄧˋ坨ㄊㄨㄛˊ大ㄉㄚˋ便ㄅㄧㄢˋ。

　　怪ㄍㄨㄞˋ怪ㄍㄨㄞˋ的ㄉㄜ臭ㄔㄡˋ味ㄨㄟˋ四ㄙˋ散ㄙㄢˋ，依ㄧ依ㄧ
開ㄎㄞ心ㄒㄧㄣ的ㄉㄜ笑ㄒㄧㄠˋ了ㄌㄜ出ㄔㄨ來ㄌㄞˊ：「謝ㄒㄧㄝˋ謝ㄒㄧㄝˋ你ㄋㄧˇ，
這ㄓㄜˋ才ㄘㄞˊ是ㄕˋ我ㄨㄛˇ的ㄉㄜ最ㄗㄨㄟˋ愛ㄞˋ。」

復原後，依依
很想念垃圾場的
味道，拍拍翅膀
卻發現胸口發悶，
喘不過氣來，
只好停在林子裡。

依依跟不上同伴，
連瓢蟲都追不上，
她很不開心，
吃不下東西。

好多天以後，
依依的身體越變
越瘦小，但是
動作卻越變
越靈活。

這一天，依依碰到阿比，她陪在他身邊，動也不動，一句話也沒說。

依依跟著阿比吸著樹汁，剛開始覺得苦澀，後來漸漸習慣了。

她看到她的昆蟲朋友，匆匆忙忙的去找吃的東西，就像她以前一樣。

依一依一又̇ӯ發ⱨ現ⱷ樹ⱨ幹ᵍ上ᵌ，攀ⱬ木ᵘ蜥ⱨ蜴Ⱪ定ㄉ住ⱨ不ㄅ動ㄉ，
看ⱬ來ⱨ像ⱨ是ⱨ一一塊ⱬ樹ⱨ皮ㄆ，等ㄉ待ㄉ果ⱬ蠅Ⱪ飛ㄈ過ⱬ，
一一口ⱬ就ⱨ把ㄅ他ㄊ吞ㄊ下ⱨ去ⱨ。

河流邊 ， 翠鳥停在突出的樹枝上，
遠看像是一座雕像 ， 看準了游近的小魚，
從來沒失手。

　　依一依一安靜了下來，看著日出、雲飄；
聽著風吹竹林發出沙沙的音樂聲，
她以前從來沒注意過這些。
　　她心裡想：「我懂了，慢慢來，
日子也能好好過！」

月出了，樹林裡，
多了一位安靜等待的伙伴。

33

寫書的人

| 馬筱鳳

　　出生金門，在眷村長大。喜愛觀察大自然，也愛聽人講故事，擔任報紙和出版社編輯工作二十多年，也嘗試自己寫作，曾經得到幾個獎，出過幾本書，寫兒童小說、散文和報導文學。出國自助旅行後，覺得天地無限廣闊，人情流露美好，個人只是天地過客，要對四方朋友友善熱情，大地自然會回報大愛。

畫畫的人

| 王　平

　　王平自幼愛好讀書，書中精美的插圖引發了他對繪畫的最初熱情，也成了他美術上的啟蒙老師。大學時，王平讀的是設計專科，畢業後從事圖書出版工作，但他對繪畫一直充滿熱情，希望用手中的畫筆描繪出多彩的世界。

　　王平個性樸實，為人熱情，繪畫風格嚴謹、細緻。繪畫對王平來說，是一種陶醉和享受，並希望通過畫筆把這種感受傳遞給讀者，帶給人們愉悅和歡樂。

| 馮　艷

　　生長在美麗的渤海灣邊，從小聽八仙過海的故事長大，深信長大後，自己也能夠騰雲駕霧，飛過大海。

　　懷著飛翔的夢想，大學畢業以後，走過許多城市，現在定居在北京。做過廣告設計、雕塑、剪紙、設計製作民間玩具。幾年前，開始接觸兒童圖畫書，進而迷上了圖畫書，並且嘗試繪製插圖，希望透過自己的畫，把快樂帶給大家。

我的蟲蟲寶貝

一套充滿哲思、友情與想像的故事書
展現希望、驚奇與樂趣的
「我的蟲蟲寶貝」！

想知道

迷糊可愛的毛毛蟲小靜，為什麼迫不及待的想「長大」？

沉著冷靜的螳螂小刀，如何解救大家脫離「怪傢伙」的魔爪？

膽小害羞的竹節蟲阿比，意外在陌生城市踏出「蛻變」的第一步？

老是自怨自艾的糞金龜牛弟，竟搖身一變成為意氣風發的「聖甲蟲」？

熱情莽撞的蒼蠅依依，怎麼領略簡單寧靜的「慢活」哲學呢？